Wolfgang Pein

Ruhe sanft

oder

wie ich im Keller endete

Untertitel:

Mit einem Blatt Papier fing alles an.

--

--

Bibliografische Information der Deutschen Nationalbibliothek: Die Deutsche Nationalbibliothek verzeichnet diese Publikation in der Deutschen Nationalbibliografie. Detaillierte bibliografische Daten sind im Internet über http://dnb.d-nb.de abrufbar.

Copyright : August 2017 - Wolfgang Pein

Herstellung und Verlag:

BoD – Books on Demand, In de Tarpen 42

D – 22848 Norderstedt - Germany -

ISBN-Nr. 9783744895286

Liebe Leserin, lieber Leser,

„**so**"   haben sie einen Verfahrensablauf bei einer Behörde – hier bei der Justiz - wohl noch nie gehört.

Ich bin mir sicher, sie haben wenigstens diesen verstanden, wenn sie mein Buch gelesen haben.

Einstmals so leicht und schlank

- ein einzelnes Blatt Papier -

wuchs es

- anfangs frustriert -

zu einer dicken Akte heran.

Prolog

Guten Morgen, guten Tag – oder ist es schon Abend? Verzeihen sie mir bitte, aber ich habe so lange im Dunkel gelebt, dass mir die Zeiten manchmal einfach abhandenkommen.

Ich bin von Grund auf eigentlich ziemlich gutmütig. Aber ich muss sie dennoch warnen, denn eines kann ich gar nicht gut haben.   Sagen sie bitte „auf keinen Fall":   „Die ist aber dick!" Dafür kann ich nämlich überhaupt nichts! Denn das war nicht immer so!

Ich sollte mich aber erst einmal vorstellen, damit sie wissen, mit wem sie es hier zu tun haben. Also: I c h   bin eine   A k t e   und heiße 752 Js 890/11.

Da staunen sie – was?   Solche Vor- und Hausnamen haben sie wohl noch nie gehört. Ich weiß selbst nicht so genau, wie mein Ruf- oder Familienname mit der obigen Bezeichnung lautet. Später hörte ich mal, wie mich jemand 752 Julius-Siegfried nannte.   Ganz sicher bin ich mir da nicht, weil ich im Laufe meines Lebens in verschiedenen Büros eben auch verschieden angesprochen wurde.

Bei Menschen scheint das ja einfacher zu sein.

Zumindest habe ich das bei denen immer gewusst, wenn die sich Fritz oder Edith genannt haben. Ja, dann habe ich genau gewusst – dies sind Vornamen.

Erst viel später habe ich dann erfahren, dass auch ihre Familiennamen an den Türen standen, wo sie angeblich ihrer Arbeit nach gingen oder gehen sollten. Solche komischen Bezeichnungen wie ich sie habe, hatten die Menschen aber nicht. Na ja, vielleicht bin ich ja ein Geheimagent oder eine Geheimagentin – so wie 007, aber so genau weiß ich auch das nicht.

Verzeihen sie bitte – schon wieder, aber ich möchte doch noch einmal erst auf den Punkt kommen, wo über mein Gewicht zu sprechen ist.

Wie ich schon ausführte, es war nicht immer so, dass mich ein sogenannter Aktengurt zusammen halten muss, damit ich nicht aus der Form gerate und mich in meine Einzelteile zerlege. Ich kann nichts dafür, dass man mich so gut fütterte, dass ich noch nicht mal mehr als eine einzelne Akte durchs Leben gehen konnte.

Im Laufe der Zeit bekam ich nämlich zwar keine Junge, aber ich nahm zu – an Umfang. Die Menschen, für die ich arbeitete, sagten, dass sie ab Blatt 251 immer neue Aktenbände anlegen - dies sei so vorgesehen, sagten sie – Dienstvorschrift in einer sogenannten „Aktenordnung".

Diese komische „Ordnung" hat also im Grunde mein ganzes Leben geregelt, vom Beginn, wo mich erstmals jemand in einem Büro als noch einzelnes Blatt in die Hand nahm, bis in den Keller. Dabei, so hörte ich später einmal, soll diese Ordnung oft gar nicht auf dem neuesten Stand sein und müsste eigentlich viel öfter mal auf „aktuell" getrimmt werden. Ich selbst als Akte habe jedenfalls meinen eigenen persönlich hohen Standard, möglichst immer aktuell zu sein.

So kam es im Laufe der Zeit, dass ich zunahm und zunahm, schließlich aus vier Aktenbänden bestand und noch bestehe und durch riesige Aktengurte zusammen gehalten werden muss. Wenn sie gut aufgepasst haben, können sie sich ja leicht ausrechnen, aus wie viel Blatt Papier ich jetzt so ungefähr bestehe.

Gut - wo sie dies jetzt wissen, werden sie auch wohl hoffentlich nicht in Versuchung kommen, mir „einen fiesen Spruch rein zu reichen".

Ich hatte sie ja schon anfangs ausdrücklich gewarnt. Auch Akten haben Gefühle, glauben sie es oder glauben sie es nicht - es ist so!

Und jetzt erzähle ich ihnen hier meine Geschichte.

Sie werden mit den Ohren schlackern, denn sehr vieles wird für sie einfach nur unglaublich „neu" sein.

Geburt

Kommen wir aber zum Anfang - zu der Zeit, als ich noch gar keine Akte war.   Also, ich befand mich schon damals im Dunkel.   Ich lag da aber nicht in einem Keller, und schon gar nicht befand ich mich in irgendeinem Bauch.   Gut - ich frage mich in diesem Augenblick zwar, woher kann ich das wissen, aber eigentlich tut dies auch nichts zur Sache.   Entscheidend ist nur, dass ich damals gar nichts um mich herum gesehen habe – es also fast so dunkel war, wie jetzt hier im Aktenkeller, wo ich schon   seit   Monaten   herum-staube. Ach ja, mir fällt da doch noch etwas wieder ein.

Ich konnte damals deshalb nichts um mich herum erkennen, da ich sozusagen „eingetütet" war   – was so viel heißt, dass um mich und 499 weitere Kameraden oder Kameradinnen eine Papierhülle war, die alles von uns fern hielt.   Die Hülle war absolut dicht, wir waren alle blind,   aber dann geschah es.   Die Hülle wurde entfernt – meine Brüder oder Schwestern und ich erblickten das Licht der Welt.   Und jetzt konnten wir auch einen kurzen Blick auf die Hülle werfen, die uns gefangen gehalten hatte – oder hatte sie uns nur beschützt?

Auf der Hülle stand „500 Blatt Kopier-Papier". Endlich wussten wir, wer oder was wir sind. Ich kann Ihnen sagen, und da spreche ich im Namen des ganzen Paketes, dass wir heilfroh waren, dass dort „Kopier-Papier" stand, schließlich hätte dort auch „Klo-Papier" stehen können – nicht auszudenken! Das wäre dann wohl ein beschissenes Leben für uns alle geworden.

Ganz stolz muss ich ihnen noch sagen: „Ich war das erste Blatt. Ich lag ganz oben." Das war eine Vormacht-Stellung, habe ich mir von den anderen Blättern sagen lassen. Denn die hatten echt Druck, vor allen aber die Blätter, die ziemlich unten lagen. Mann, war ich froh, das erste Blatt von oben zu sein. Bin ich etwa zu eitel, macht nichts. Die späteren Jahre haben mich gelehrt, dass nicht alles Gold ist, was zuerst oben liegt.

Sorry, sorry, aber ich verzettele mich schon wieder. Ich wollte ja nur einfach – endlich - einmal sagen, dass ich als Einzelblatt Papier angefangen habe. Da werden Sie mir doch wohl auf Anhieb glauben, dass ich damals sehr schlank war – und leicht war ich - war das schön! Ich hatte die DIN-A4 Norm.

Aber das ist nun wirklich schon sehr lange her. Das war ja im Jahre 2011 – jetzt haben wir 2017.

Auch wenn ich erfahren habe, dass Menschen im Alter ebenfalls meist zunehmen, das ist kein Trost für mich – nicht wirklich. Da ich aber gelernt habe, dass es wohl den meisten Kopier-Papieren so ergeht, dass Blatt für Blatt hinzu kommt und man gemeinsam immer dicker und schwerer wird, dann muss man dies wohl so hinnehmen – und wie hätte ich das auch vermeiden sollen. Füße zum Weglaufen habe ich ja nicht. Es soll schlimmere Schicksale geben – habe ich gehört.

----

ein erster Schock

Ich kam also als schlankes und sehr leichtes Blatt Kopier-Papier auf die Welt, geschlüpft aus der Hülle. Kaum war ich heraus, griffen Hände nach mir und wollten mich schon wieder in ein dunkles Verlies sperren. Ich war machtlos, aber zum Glück war ich nicht lange dort. Ich bekam mit, dass ich in einem Drucker gelandet war – sagte der Mensch, der mich gepackt hatte. Etwas geschah mit mir. Ich wurde durch einen dunklen Gang gezogen. Unheimliche Geräusche waren um mich herum. Und ich wurde betatscht. Später erfuhr ich, dass dies alles ein Druckvorgang war. Meine blütenweiße Weste war aber jetzt dahin, für immer. Ich war bedruckt worden. Man konnte jetzt auf mir Texte und Zahlen lesen. Froh war ich nur, dass nicht auch noch meine eigenen Gedanken dort zu lesen waren, denn ich war ziemlich sauer über diese Behandlung und die Worte, die ich dafür fand, sage ich jetzt hier nicht.

Schließlich war dieser ganze „Druckvorgang" mehr als nur unheimlich. Ich wurde auf den Kopf gestellt, wurde gedreht und Kopf über aus dem Drucker geschoben. Eine Walze hatte mich erfasst, die für diese ganzen Drehungen verantwortlich war.

Wäre die mir mal privat über den Weg gelaufen – der hätte ich aber was erzählt, sowas von was! Bedruckte Kollegen von mir sagten mir zum Trost, dass ich noch Glück gehabt habe, dass ich nicht zerknittert ausgespuckt wurde. Dann wäre ich nämlich sofort im Papierkorb gelandet, wäre später entsorgt worden, vielleicht zerstampft oder sogar verbrannt. Eine furchtbare Vorstellung drang in meinen Kopf. Und die Walze hätte so etwas wie Zähne, um mich auch richtig packen zu können. Na, da war ich am Ende noch froh, nicht gebissen worden zu sein.

Aber eines muss ich doch noch sagen – bespuckt worden bin ich in dem Teil, und die Spucke konnte man dann auch noch auf mir sehen. Der Täter soll ein Tintenstrahl-Drucker gewesen sein, sagte man mir. Junge, was man so alles mit machen muss, bis die lupenreine weiße Weste dahin ist, einfach nicht zu glauben.

Nun, den Drucker hatte ich überlebt. Damit war aber noch keine Ruhe eingekehrt. Ich konnte mich also nicht seelenruhig zurück lehnen. Denn sofort, nachdem die furchterregenden Geräusche im Gerät aufgehört hatten, nahm mich eine Hand und zog mich aus dem Drucker.

Ich sah mich um und sah, dass ich in einem großen Büro angekommen war. Das habe ich aber erst später begriffen, so wie ich alle Begriffe und Fachbegriffe, die ich hier verwende, erst nach und nach begriffen habe. Da ich also inzwischen sehr viel gelernt habe, kann ich Ihnen meine Lebensstory aufschreiben. Wie sonst sollte ich hier in meinem Bericht etwas beschreiben können, was ich nicht kenne, nicht erlebt und nicht erlernt hätte. Also, Lernen ist doch etwas Sinnvolles, auch für eine Akte.

Was ich aber sofort kapierte, es waren mehrere Menschen um mich herum. Die telefonierten oder besprachen irgendetwas, was ich dann aber nicht verstanden habe. Alles hörte sich für mich ziemlich fremd an.

Ich kann ihnen sagen, in den folgenden Jahren haben ziemlich viele menschliche Hände Hand an mich gelegt und Dinge gesagt, die ich nicht verstanden habe – manchmal wollte ich das aber auch gar nicht und habe bewusst weg-gehört.

----

der zweite Schock

Und während ich noch vor Neugier auf die neue Welt sehr abgelenkt war, kam ein nächstes Gräuel auf mich zu, das ich bis heute nicht vergessen habe. Und verziehen habe ich das auch nie.

Man steckte mich in so ein komisches Ding, das auch gedrückt wurde. Es war aber nicht schon wieder ein Drucker. Gedrückt wurde ich dennoch. Eigentlich war es ja kein Drücken, sondern der Mensch, der mich in das Gerät gesteckt hatte, drückte oben darauf.

Dadurch fuhren von oben zwei Metallstifte herunter – auf mich herunter. Die berührten mich zuerst nur, als ob sie mich abtasten oder erst einmal kennen lernen wollten. Dann geschah das Unverzeihliche. Die Stifte drückten sich in mich hinein und schließlich hindurch.

Mein Gott, ich war verletzt! ich war gelocht worden! blutete. Ich hatte zwei Löcher, Nur gut, dass ich nicht

Ich machte mir Sorgen, wie es wohl weiter gehen würde. Wo jetzt die beiden Löcher waren, fehlte mir ja etwas. Ich war nicht mehr vollständig. Erst später habe ich erfahren, dass das, was jetzt fehlte, in den Auffangbehälter des Lochers fiel. Dort war der fehlende Teil von mir aber nicht lange allein geblieben. Vielen anderen Komplett-Blättern erging es wie mir. Auch ihnen wurde ein Teil genommen, ebenfalls gesammelt im erwähnten Behälter.

Meine Güte - dort muss es irgendwann genau so eng zu gegangen sein, wie damals mit den vielen unbeschriebenen Kollegen und Kolleginnen in der Hülle. Wir Kopier-Papier-Blätter sind eigentlich zwar gesellige Typen, aber ein bisschen Platz und Spielraum sollte man auch uns lassen.

----

und noch ein Schock

Dem Drucker entkommen, dem Locher entwischt, wenn auch mit kleinen Schäden, ich atmete auf. Zu früh gefreut – denn ein weiteres Unheil erwartete mich. Fast hätte ich mich in die beschützende Hülle meines 500-er Blocks zurück gesehnt.

Der Mensch, der mir dies alles bis jetzt angetan hatte, nahm mich mit zum Schreibtisch seiner Kollegin. Er fragte sie, ob sie noch weitere Details zu dem Vorgang hat, den er jetzt anlegt. Das schien nicht der Fall zu sein, denn mit mir in der Hand ging er zu seinem Büro zurück.

Er nahm aus einem Schrank einen sogenannten Aktendeckel und legte mich in diesen hinein. Ich konnte nichts mehr sehen – schon wieder blind. Eine ganze Weile blieb ich so auf seinem Schreibtisch liegen und dachte schon, das war`s für heute.

Allerdings hatte ich da falsch gedacht. Mein Mensch kam zurück und nahm Aktendeckel samt meiner Wenigkeit als bisher einzigen Inhalt in die Hand. Mich nahm er heraus und verpasste mir eine Zahl – oben rechts. Ich war jetzt die Seite eins.

Er füllte noch einige Formulare aus und legte mich dann zusammen mit denen in die Aktenhülle.

Aber   w i e !   War ich vorher noch ganz sachte in den Aktendeckel gelegt worden, erwartete mich nun eine weitere Tortur.   Ich wurde gefesselt. Später habe ich ja dann erlebt, wie auch Menschen gefesselt wurden – Handschellen sollen das gewesen sein.   Aber was man jetzt schon wieder mit mir anstellte, das ging langsam mehr auf keine Kuhhaut – Freunde!

Anscheinend nahm die zu erstellende Akte langsam Konturen an.   Zu der Aktenhülle, den ausgefüllten Formularen und mir kamen noch zwei sonderbare Dinge – Splint und Leiste!   Der Splint durchbohrte den Aktendeckel, die Formulare und mich. Jetzt war ich doch ziemlich froh, dass ich schon dafür zwei Löcher hatte.   Mein Gott, sonst wäre ich jetzt aufgespießt worden.

Aber – jetzt konnte ich auch nicht mehr weg. Dabei hatte ich mich schon auf den nächsten Windstoß gefreut, durch den ich durchs Zimmer gesegelt und dessen andere Ecken kennen gelernt hätte, vielleicht auch andere Kollegen oder Kolleginnen – sogar aus meinem 500-er Stapel.

Nichts da – ich steckte fest, war gefangen. Metall hatte sich wie Handschellen um uns alle gelegt. Würden wir uns jemals befreien können?

Aber vielleicht war dies alles ja auch so eine Art Beförderung für mich – denn, jetzt war ich nicht mehr nur ein einzelnes Blatt, sondern Bestandteil einer Akte, einer zwar noch dünnen, aber richtigen Akte, im Anfangsstadium – zugegeben.

Ein bisschen sauer war ich aber schon. Denn die anderen Akten standen fein säuberlich geordnet in den Regalen an der Wand. „Uns" als Neu-Akte ließ dieser Mensch einfach auf dem Schreibtisch liegen. Ich fühlte mich ein wenig diskriminiert. Muss man sich einen Platz im Regal etwa erst verdienen – und womit?

----

bei der Polizei

Der Aktendeckel war zugeklappt. Ich lag mit den Formularen zusammen darin – konnte wieder einmal nichts sehen. Nur ein kleiner Lichtschein fiel von der Seite hinein, bis auch dieser plötzlich nicht mehr da war. „Was ist nun passiert?", fragte ich die Formulare und bekam auch sofort eine Antwort.

„Ach, die Menschen hier haben wohl Feierabend. Das ist das, was die Menschen immer machen, wenn sie mit der Arbeit fertig sind, jedenfalls mit der Arbeit für heute. Dann machen sie auch das Licht hinter sich aus. Wir können dann schlafen."

„Jawohl, das machen sie dann immer", rief das Formular mit der Seitennummer 4. „Das nennen die dann Strom sparen. Es soll eine Anordnung von ganz oben sein – habe ich gehört. Von wie weit oben und welche Etage das sein soll, das weiß ich allerdings nicht."

Es gab ein Geräusch aus dem Regal hinter dem Schreibtisch. „Meine Güte, was seid ihr denn nur für Dummköpfe! Das „von oben" soll heißen, dass ein Chef dieser Behörde das angeordnet hat, egal in welcher Etage der auch arbeitet."

Und eine weitere Stimme aus dem Regal rief: „Ihr müsst noch viel lernen! Wir wollen aber nicht so streng mit euch sein. Schließlich seid ihr ja noch eine Neu-Akte – ein Frischling hier im Büro."

Gut - nach dem ersten Anpfiff aus dem Regal klang diese zweite Stimme doch schon wesentlich versöhnlicher. Mein Drang nach neuen Erfahrungen veranlasste mich dennoch zu einer Frage, die direkt an das Regal gerichtet war. „W o sind wir hier eigentlich? Wenn das hier eine Behörde ist, wie heißt sie denn? Und - wir werden uns bemühen, eifrig dazu zu lernen."

„Ihr seid hier bei der Polizei!", kam die Antwort. „Und ihr habt auch einen Namen bekommen, damit wir uns alle hier voneinander unterscheiden können. Ich kann euch sagen, dass ihr wie folgt heißt: Tage-Buch-Nummer 278/11.

So eine Bezeichnung bekommt hier jeder, der zu einer richtigen Akte anwachsen will. Im Laufe eures Behörden-Lebens wird noch die eine oder andere Bezeichnung hinzu kommen."

„Danke", sagte ich. „Ich werde euch heute auch nicht weiter nerven. Gute Nacht – bis morgen also."

Es wurde ruhig im Büro.   Nur ein leises Summen war noch zu vernehmen, welches ich nicht zuordnen konnte, aber jede Nacht da war.   Später wurde mir gesagt, dass dies das Geräusch eines Fax-Gerätes im Wartestand ist.

Mir war nicht ganz klar, ob die Menschen nur vergessen hatten, dieses Gerät auszuschalten. Aber vielleicht fiel das auch gar nicht unter die Strom-Spar-Verordnung „von ganz oben".

Nach so einem aufregenden Tag folgte eine relativ kurze Nacht.   Sehr viel früher, als meine Formulare und ich dies erwartet hatten, war die Ruhe zu Ende. Irgendein Mensch öffnete die Tür, die auch mal wieder einen Tropfen Öl vertragen könnte. Das überdeutliche Quietschen vertrieb jedenfalls jeder Akte den Schlaf aus den Blättern. Das Licht an den Decken flammte auf und leuchtete grell.   Es gab vielerlei empörtes Gemurmel, von den Schreibtischen her und aus den Regalen. Aber das konnten nur wir hören, nicht die Menschen.

Zielstrebig steuerte der Mensch auf uns zu und nahm uns Neu-Akte mit in ein Nebenzimmer.

Mit einem weiten Wurf landete ich mit meinen Blatt-Kollegen auf einem mir noch unbekannten Schreibtisch. Und – zugegeben – es war schon ein gekonnter Wurf, aber inzwischen waren wir alle in der Akte jetzt doch froh, „gefesselt" zu sein. Wie leicht hätten wir dem Aktendeckel entgleiten und uns einzeln in alle Ecken verteilen können.

Es war mir gar nicht bewusst, aber ich habe wohl vor lauter Schreck gerufen: „Das geht doch nicht - jetzt, wo wir foliiert sind –   will heißen: wo unsere Seiten doch jetzt mit Blattzahlen versehen sind.   Schließlich sind wir jetzt ein amtlicher Vorgang.   Da kann man doch nicht so mit uns umgehen – wo kommen wir denn da hin!   Wir hätten ja im ganzen Zimmer verteilt werden können!"

„Oh nein", hörte ich Blatt 4 wieder kreischen. „Die Aktenordnung könnte uns eventuell bestrafen. Wer weiß, was das für uns bedeuten kann. Bleibt bitte alle schön ordentlich abgeheftet!"

„Genau", mischte sich jetzt auch Blatt 6 ein. „Dass mir keiner aus der Reihe tanzt. Ich will keinen Ärger mit den Menschen!"

Ich selbst konnte mir jetzt nur mit Mühe einen weiteren Kommentar verkneifen – hätte nie gedacht, wie verschieden wir Seitenzahlen klingen können.

Blatt 4 hatte fast so einen hellen Klang, wie ein sirrendes Sägeblatt. Blatt 6 hatte dagegen eine ungewöhnlich dunkle Stimme. Ich selbst habe mich eigentlich immer für normal gehalten, aber wer weiß das schon wirklich – und mit Selbsteinschätzung ist das manches Mal auch so eine Sache. Gut – ich werde mich bemühen, nicht wie eine kreischende Säge zu klingen und auch nicht wie ein Brummbär. Ich verrate ihnen ein Geheimnis: Manchmal, wenn alle anderen Blätter schlafen, ahme ich deren Stimmen nach und mache sozusagen ein Rollenspiel daraus.

Sie staunen sicher über meine Ausdrucksformen, aber ich habe alle diese Ausdrücke im Laufe meines langen Aktenlebens gehört und abgespeichert.

Ich habe immer diebisch viel Spaß dabei, diese zu benutzen, auch wenn ich nur ein Blatt Papier bin.

Eines kann ich ihnen auch noch verraten: „Einem" Windstoß bin ich zumindest sehr dankbar. Als wir noch nicht „gefesselt" waren, hat dieser das Vorblatt in der Akte glatt in den Papierkorb geweht. Somit bin ich dann Blatt 1 in der Akte geworden

Bis jetzt ist das wohl auch noch keinem aufgefallen. Das alles hat für mich aber einen großen Vorteil.

Denn – anstatt einer normalen Akte legte ein Beamter uns Blätter schon kurz nach der Bekanntschaft mit Splint und Leiste als festen Aktenordner an. Steht der Aktenordner im Regal, so kann ich trotzdem ein wenig sehen, was so vor sich geht. Als Blatt 1 liegt dann nichts auf mir. Und der dicke Deckel des Aktenordners hat ein kreisrundes Loch. Dort hindurch sehe ich so einiges, was meinen anderen Kollegen und Kolleginnen in der Akte verborgen bleibt.

Aber keine Sorge – ich unterrichte natürlich regelmäßig die anderen Blätter und halte sie somit auf dem neuesten Stand der Dinge. Das bin ich ihnen doch wohl zumindest schuldig, wo ich schon so ein Privileg habe.

Allerdings gibt es auch einen Nachteil. Ich habe später gelernt, dass das Loch dazu da ist, eine Akte besser aus dem Regal nehmen zu können. Ein Mensch greift einfach mit einem Finger dort hinein und kann so den Vorgang – so nennen sie den - aus dem Regal nehmen. Mann, hätte ich richtige Augen, so wäre das wohl so manches Mal bei mir „ins Auge gegangen". Was soll's, ich habe Vor- und Nachteile verglichen und bin zu dem Ergebnis gekommen, dass das Sehen durch das Loch Vorrang hat.

Aber im Augenblick liegen wir hier als Akte immer noch nach dem Weitwurf auf dem Schreibtisch. Zum Glück war dabei der Aktendeckel etwas aufgesprungen. So konnte ich sehen, dass auch in diesem Zimmer ein Ungeheuer stand - ein Drucker.

Meine Angst vor dem hatte ich eigentlich so ziemlich verloren, aber man kann ja einfach nicht vorsichtig genug sein.

Meine Kollegenblätter und ich beschlossen deshalb, uns ruhig zu verhalten, um bloß nicht dessen Aufmerksamkeit zu erregen. Womöglich lauerte auch noch ein Locher in der Gegend!

„Ruhe ist die erste Akten-Pflicht" war also im Augenblick unsere Devise.

Zwei Stunden passierte nichts. Wir dösten etwas im Voraus vor uns hin, weil man ja nie so genau weiß, wie anstrengend der Tag noch für uns werden kann. Man ließ uns in Ruhe – wir wurden nicht angegriffen, nicht bedruckt, nicht gelocht.

Eines muss ich aber noch beim Thema „Ruhe und Dösen" jetzt noch schnell anmerken:

Wir lagen mal bei einem Menschen auf dessen Schreibtisch.

Der Aktendeckel war auch damals etwas geöffnet. Irgendwie war es dort für uns sehr lustig, weil ich beobachten konnte, dass es der Mensch dort schaffte, innerhalb von Sekunden fest einzuschlafen, sobald er seine Augen schloss. Und wurde er zwischendurch wach oder geweckt, so beherrschte er ohne große Mühe das Kunststück auch locker mehrmals hintereinander.

Das alles berichtete ich natürlich sofort brühwarm der nächsten Seite in der Akte, die nicht so gut sehen konnte. Und diese Geschichte wurde natürlich dann auch sofort von Seite zu Seite weiter gegeben. Bei diesem Menschen hatten wir viel Ruhe, und der kam höchstwahrscheinlich sehr oft richtig ausgeschlafen nach Hause.

„meine" erste Vernehmung

Nach und nach wurde es etwas unruhig im Büro, in dem wir auf dem Schreibtisch lagen. Den „Werfer" kannten wir ja schon. Es kamen noch zwei weitere Kollegen von ihm dazu – sorry, gerechterweise muss ich sagen: ein Kollege und eine Kollegin. Ich will es mir ja nicht mit den Gleichstellungs-Beauftragten im Hause verderben.

Diese Formulierungen von Berufen habe ich zwar erst viel später mal gehört, aber mir dann auch sofort Gedanken gemacht, welches Geschlecht wir wohl haben – wir als Akte. In den folgenden endlosen Diskussionen darüber, die meine Blatt-Kollegen und Kolleginnen führten - fast im Wettstreit mit den anderen Aktenordnern - kamen wir nach Wochen zu dem Ergebnis, dass wir ein „sächliches" Geschlecht haben. Wir stellten also fest, wir sind eine „Sache". Und bevor ich dieses vergesse, wollte ich es hier und jetzt mal gesagt haben.

Jetzt aber wurde ich in einen weiteren Raum gebracht. Die Menschenkollegen und die Kollegin begleiteten mich – wie sonst auch, allein wäre ich da ja nie hin gekommen. Dieser andere Raum strahlte eine unangenehme Kühle aus, fast zum frösteln.

Er war völlig anders als das Büro, das ich bisher kannte. Hier gab es keine Blumen auf dem Tisch, Bilder an der Wand fehlten auch vollständig. Soweit ich dies auf den ersten Blick feststellen konnte, stand in der Mitte des Raumes ein langer Tisch mit einigen Stühlen. Ach ja, eine sehr große Glasscheibe gab es noch.

Während „wir" also alle schon dort versammelt waren, öffnete sich die Tür und zwei weitere Personen (männlich) kamen herein.

Inzwischen hatte mich mein Bürokollege aufrecht auf den Tisch gestellt – mit dem Loch weg von ihm. Ihm gegenüber setzten sich jetzt die Hereingekommenen. Mann – ich kann nur sagen, der eine Typ ging ja so. Aber der andere Mensch, mein Gott – der sah ja zum Fürchten aus!

Der wortführende Bürokollege stellte sich und seine Mitstreiter vor. Daher erfuhr ich, dass diese drei Beamte sind, bzw. Beamtin. Alle hatten irgendwie merkwürdige Bezeichnungen. Die hießen doch tatsächlich Kriminal-Hauptkommissar und Kriminal-Hauptkommissarin. Zum Glück hatten die auch noch weitere richtige Namen – wie hätte man die sonst auch auseinander halten können.

Die Namen erspare ich mir und ihnen aber, denn im Laufe der Jahre habe ich so viele davon gehört, dass ich ansonsten Gefahr laufe, irgendwelche Namen mit den Personen zu verwechseln.

Der fürchterlich aussehende Mensch saß mir direkt gegenüber – direkt dem Aktenguckloch gegenüber. Ich fragte mich ernsthaft, wieso man sich solche Leute als Gäste einladen kann. Und noch während ich meinen anderen Aktenblättern die Sache beschrieb, was sich vor mir abspielte, da ging das Theater auch schon los.

Es wurde sehr laut! Die gegenübersitzenden Parteien schrien sich an und deren Wortwahl war mir vollkommen neu. Jetzt hatte sich mein letzter Zweifel in Luft aufgelöst. Solche Gäste sollte man vermeiden. Ein Gedanke kam mir noch: Ich hatte bemerkt, dass den „Gästen" nichts angeboten wurde, denn Gläser konnte ich auf dem Tisch nicht erkennen. Waren diese so erbost darüber, dass sie so laut wurden?

Mit jedem Wort und jedem Satz wurde mir klar, dass diese Zusammenkunft keinesfalls freiwillig zustande kam, was mich irgendwie auch beruhigte. Die Zwei „Gäste" waren vorgeladen worden – nicht gebeten.

Nach und nach kapierte ich immer mehr. So erfuhr ich, dass der eine Mann ein Rechtsanwalt ist, der andere ein Beschuldigter. Eigentlich sprach nur der Anwalt, sein Mandant hielt sich vollständig zurück. Als ich hörte, was meine Beamten dem Vorgeladenen vorwarfen, durchzuckte mich ein Schauer. Schon beim ersten Anblick hatte ich ja ein ziemlich schlimmes Bild von dem, und das jetzt Gehörte vervollständigte meine schlechte Meinung. Der Typ soll ziemlich gemeine Sachen gemacht haben. Zum Beispiel soll er gestohlen und einige Dinge zerstört haben. Was mich aber am meisten erschütterte, das war der Vorwurf einer gefährlichen Körperverletzung. Was für ein schlimmer Finger saß da nur vor mir.

Der Beschuldigte schwieg immer noch. Sein Anwalt stritt jegliche Schuld ab und sagte, dass an den Vorwürfen „nichts dran" wäre.

Ich hatte sehr viel zu tun, dies alles meinen Akten-Kollegen-Blättern zu dolmetschen, was sich hier abspielte. Dann war plötzlich die Zusammenkunft zu Ende. Meine Beamten legten einen roten Zettel auf den Tisch. Ich meine, dass die beiden „Gäste" im selben Moment andere Gesichtsfarben bekamen. Das Gesicht des Anwalts färbte sich rot ein, rot bis hin zu dunkelrot.

Der Beschuldigte wurde blass um die Nase herum und eigentlich fast weiß – dann auch im ganzen restlichen Gesicht.

Wie ich hörte, war der rote Zettel ein „Haftbefehl". Der vorher nur Beschuldigte würde nunmehr seinen Anwalt nicht wieder aus dem Gebäude heraus begleiten.   Ihm wurde angeboten, hier zu übernachten, was dem aber überhaupt nicht behagte,   wie   man   lautstark   hörte. Aha – der große Schweiger hatte doch noch nicht seine Stimme verloren.

Alles Lamentieren nutzte dem Verhafteten nichts mehr.   Ein weiterer Beamter kam ins Zimmer – in Uniform.   Der nahm den „Menschen" mit, der immer noch lautstark dagegen protestierte. Es half ihm nichts.   Ich war zufrieden und musste grinsen.   Hätte ich Hände,   ich hätte applaudiert.

So hatte ich also die erste Vernehmung und die erste Verhaftung meines Lebens erlebt, und alles war sehr aufregend und bescherte mir und der ganzen Akte beinahe eine schlaflose Nacht.

Untersuchungshaft

Einen ganzen Tag lang hatten wir Ruhe. So konnten wir uns nach dem Vernehmungstag richtig gut erholen. Dann lernten wir etwas kennen, was für uns auch schon wieder neu war und – natürlich- aufregend.

Wir lernten nämlich ein Gefängnis kennen - oder besser gesagt - eine Justizvollzugsanstalt, wie der offizielle Name heißt. Einer der vernehmenden Beamten schnappte uns, lud uns in einen Dienstwagen, und wir genossen eine kleine Stadtrundfahrt.

Von der hatten wir eigentlich gar nicht viel, da wir ja nichts sahen von der Gegend, nicht einmal ich. Allerdings hatte unser Mensch ein Navigationsgerät angeschlossen, das immer ansagte, wo wir gerade waren. So hörten wir sehr viele Straßennamen, die wir zwar alle nicht kannten, aber ab und zu sagte eine Seite von uns „Ach ja, da sind wir jetzt also". So hatten wir unseren Spaß dabei.

Dann sagte die Navi-Stimme: „Sie haben ihr Ziel erreicht." Der Dienstwagen stoppte, der Motor verstummte. Was würde jetzt mit uns passieren?

Der Fahrer nahm uns Akte vom Rücksitz, klemmte uns unter seinen Arm und ging dann mit uns auf ein großes Gebäude zu.

Aus dem Akten-Guck-Loch heraus sah ich ein riesiges Tor. Was ich noch sah, war für mich erschreckend. Und das würde es auch für meine Mit-Aktenblätter sein, wenn ich denen das gleich berichten würde.

Ich sah, dass das Tor von ziemlich viel Stacheldraht umgeben war, und ich sah sehr viele Gitter. Würde man uns jetzt einsperren? Hatte man für uns auch einen Haftbefehl ausgestellt? Warum?

Wir alle zusammen durchschritten mehrere Türen. Hinter uns wurde immer auch wieder abgeschlossen, was wirklich unheimlich war. Würden wir hier jemals wieder heraus kommen?

Ich weiß nicht mehr, wie viele Türen es insgesamt waren, jedenfalls hatten wir auch sehr viele Meter in verschiedenen Gängen zurück gelegt und waren auch über Treppen in die obere Etage gestiegen. Ich kann nur sagen: Meine Blattkollegen und ich waren sehr froh, dass wir getragen wurden und diese Wege nicht selbst gehen mussten. Scherz beiseite - gehen kam für uns ja wohl kaum in Frage.

Dann legte man uns wieder auf einen Tisch, und zum Glück konnte ich etwas erkennen. Es war wieder so ein schmuckloser Raum, so einer, den wir schon einmal kennen gelernt hatten.

Als sich dann die Tür öffnete und der schlimme Mensch von der Vernehmung erschien, da wussten wir, dass wir wegen dem hier waren. Für uns bestand dann wohl doch kein Haftbefehl. Ein Aufatmen ging durch unsere Blätter.

Wir erfuhren, dass der „schlimme Mensch" hier in Untersuchungshaft war. Mein Beamter erklärte dem, dass weiter ein begründeter Tatverdacht besteht, außerdem Fluchtgefahr. Somit, so erklärte er ihm weiter, müsste er noch eine Weile hier verbleiben. Wie lange er dort bleiben muss, das würde glatt auch an ihm liegen. Ein Geständnis wäre dafür geeignet, die Bestrafung etwas milder werden zu lassen.

Was auch für uns als Akte neu war, das hörten wir jetzt mit Erstaunen. Dem Inhaftierten wurde vorgehalten, dass er die Straftaten wohl nicht allein ausgeführt hatte. Es wurden Mittäter vermutet, die gerade ermittelt wurden. Zwei hat man schon im Visier, wurde ihm erläutert. Leider sagte er dazu aber nichts – er war weiterhin der große Schweiger.

Da die Vernehmung in der Justizvollzugsanstalt keine neuen Erkenntnisse brachte, verließen wir dieses Haus auf dem Wege, wie wir gekommen waren, natürlich umgekehrt.

Ich kann ihnen sagen – dieser Rückweg war erleichternd, und die Beklemmungen des „Hauses" verschwanden nach und nach. Wir waren regelrecht froh, als wir Gitter und Stacheldraht hinter uns gelassen hatten.

Im Polizeirevier lagen wir wieder mal auf einem Schreibtisch. Unser Beamter fertigte seinen Bericht über die Vernehmung des Inhaftierten – danach hatten wir erst mal wieder ein paar Stunden Ruhe.

Die nächtliche Prozedur kennen sie ja schon: Licht aus – Strom sparen und so weiter. Nur das Fax-Gerät summte wieder vor sich hin, was wir inzwischen als eintöniges Schlaflied betrachteten, das uns das Einschlafen erleichterte.

Gleich am nächsten Morgen wurde es wieder turbulent. Unser Beamter, der mit uns in der Justizvollzugsanstalt war, kam mit weiteren Kollegen, die wir schon bei der Erstvernehmung des „schlimmen Menschen" kennengelernt hatten, ins Büro gestürmt. Wir wurden geschnappt, und ab ging es wieder in das bekannte Vernehmungs-Zimmer.

Dort saßen zwei Männer, die wir noch nicht kannten. Da meine Blätterkollegen und ich inzwischen ein feines Gehör entwickelt hatten, konnten wir sehr schnell verstehen und auch begreifen, dass die beiden Herren auch „vorgeladen" waren. Sie schauten sehr missmutig drein – somit war klar: auch ihre Einladung war ihnen nicht recht, und freiwillig waren die nicht hier.

Einer der fremden Männer musste jetzt den Raum verlassen, vorsichtshalber in Begleitung eines weiteren Beamten in Uniform - getrennte Vernehmungen standen an. Kurz gesagt – beiden wurde in ihren jeweils Einzelvernehmungen die Vorwürfe gemacht, die auch schon dem „schlimmen Menschen" vorgehalten worden waren. Die Taten sollen die Drei gemeinsam begangen haben, was die beiden mit drastischen Gesten abstritten.

Irgendwie kam man mit den beiden Männern nicht weiter. Beharrlich schwiegen sie oder stritten die Vorwürfe, die wiederholt vorgebracht wurden, ab. Schließlich wurden beide Vernehmungen beendet und die beiden Männer konnten das Polizeirevier wieder verlassen.

Da wenigstens im Hinblick auf eine Mittäterschaft bezüglich einer schweren Körperverletzung nicht genug Beweismaterial vorhanden war, gab es für einen Haftbefehl keinen hinreichenden Grund, da die übrig gebliebenen Taten dafür nicht ausreichen. Fluchtgefahr wurde auch verneint – beide hatten einen festen Wohnsitz und auch Arbeitsstellen.

Wieder einen Tag später fand im Büro des Dezernatsleiters eine Besprechung mit allen bisher beteiligten Beamten und Beamtinnen statt – und natürlich waren wir als Akte auch mit dabei.

Alle bisher bekannt gewordenen Tatsachen kamen dabei auf den Tisch. Und die jetzige Besprechung sollte Klarheit darüber geben, wie die Sache weiter behandelt werden soll. Weitere Zeugen waren inzwischen vernommen und Beweise gesichert worden. Zum Schluss der Erörterung blieb übrig, dass die gefährliche Körperverletzung wohl nur dem damals Erstvernommenen zu beweisen ist. Man war sich einig - die polizeilichen Akten sollen mit dem entsprechenden polizeilichen Abschluss-Bericht der zuständigen Staatsanwaltschaft übersandt werden – zur weiteren Veranlassung.

Zwei Tage später war es soweit. Unsere Karriere bei der Polizei war beendet. Ein Kurier der Polizei brachte uns Akte zur Staatsanwaltschaft. Unterwegs lernten wir wieder einige neue Straßennamen kennen – durch die Navi-Ansagen natürlich.

bei der Staatsanwaltschaft

Einhundertfünfundachtzig Blatt und ich, auf diese Stärke war unsere Akte inzwischen angewachsen, waren sehr gespannt darauf, was nun weiter mit uns passieren wird. Außer uns waren noch einige Dinge mit gereist, und wir alle lagen nun zusammen auf einem uns unbekannten Schreibtisch. Diese weiteren Dinge nannten die Bearbeiter „Asservate". Zur Erklärung sage ich ihnen: Das sind Beweismittel, die für den weiteren Verlauf des Verfahrens von Bedeutung sind, da die Beschuldigten ja überhaupt nichts zugeben. Also muss man ihnen die Taten anders beweisen, und eben dazu sind diese Beweismittel da.

Wir waren nicht allein dort. Es gab ein großes „Hallo" von verschiedenen Seiten, was natürlich nur wir Akte hören konnten. Und dieses „Hallo" kam von weiteren Neu-Zugängen, die ebenfalls ziemlich zeitgleich hier bei der Staatsanwaltschaft eingetroffen waren und auf ihre Registrierung warteten.

Plötzlich gab es einen „Rums", einen harten Schlag. Unsere Akte hatte einen Eingangs-Stempel erhalten.

Ich hörte einen ängstlichen klagenden Ton von ganz hinten. Es hatte die Seite 186 erwischt, die letzte Seite der Akte. Und ich war wieder einmal froh, dass ich die Seite 1 bin. Wir anderen Seiten versuchten alles, um 186 zu beruhigen und flüsterten ihr zu, dass sie doch jetzt super-wichtig ist, denn auf ihr ist amtlich zu erkennen, dass wir jetzt unseren Zielort erreicht haben. Und wir gaben ihr noch zu bedenken, dass das alles ja nicht böse gemeint war, denn den Stempel hatte sie von einem Beamten in Uniform bekommen – einem Justizhauptwachtmeister, der zur guten Seite gehört.

Nach kurzer Überlegung war sie dann sogar etwas stolz darauf, als einzige Seite unserer Akte einen Eingangsstempel zu haben. Ja, bestätigten wir ihr: „Das ist schon etwas besonderes - du bist jetzt etwas besonderes!" Schnell hatte sie darauf hin ihren Schmerz und ihre Angst vergessen und pfiff für die Menschen unhörbar leise vor sich hin.

Aktenordner und Asservate wurden auf einen Akten-Karren verladen. Irgendetwas lag auf uns, somit konnte keiner von uns erkennen, wohin es ging. Auch eine Nachfrage bei den „Asservaten", die ebenfalls auf dem Karren lagen, ergab für uns keinen weiteren Anhaltspunkt.

Wir konnten uns nur in unserer Fantasie vorstellen, was man gerade mit uns machte. Als es sehr plötzlich rumpelte, erschrak sich alles, was sich gerade auf dem Karren befand. Aber nein - alle waren doch nicht erschrocken. Denn ich kann mich erinnern, es befanden sich auch schon ältere Akten mit auf dem Gefährt, die schon länger bei der Staatsanwaltschaft waren und sich schon auskannten, mit den Wegen, den Geräuschen und so. Die älteren Akten klärten uns darüber auf, dass wir soeben in einen Fahrstuhl geschoben wurden. „Das rumpelt dann immer so", sagten sie.

Wir waren beruhigt. Es ist doch immer wieder schön, wenn man erfahrene Kollegen um sich herum hat, die man zu jeder Zeit um Rat und Aufklärung fragen kann.

Beim „Rausrumpeln" aus dem Fahrstuhl hatte dann auch kein Blatt von uns mehr ängstliche Momente auszustehen – was waren wir doch für eine tapfere Gemeinschaft geworden.

Am Ende unserer Fahrt durch lange Gänge lernten wir dann ein für uns neues Büro kennen. Ich bekam meine Augen kaum in den Griff, als ich die vielen Akten sah, die sich dort stapelten. Überall waren die, in Wandregalen, auf Tischen und sogar auf der Erde. Mann – hier war was los!

Wir waren in einer Abteilung angekommen, die für unseren Fall zuständig war.

Ach ja – was ich noch sagen wollte: Auf der ganzen langen Fahrt zur Abteilung hatte uns ein mit Elektrokraft die Aktenkarre schiebender Justizhauptwachtmeister fröhlich mit gepfiffener Folklore begleitet, dem wohl offensichtlich sein Job gut gefiel. Das hoffe ich zumindest für ihn – nicht, dass er etwa nur aus Verzweiflung pfiff. Aber seinem Gesichtsausdruck nach zu urteilen war er doch mehr auf der fröhlichen Seite. Und ich glaube mich noch daran zu erinnern, dass neben den Pfiffen auch mal das Wort Wolga in einem Lied vorkam.

Der fröhliche Herr lud uns Akte mit den Asservaten auf einem der Tische ab – ja, er fand tatsächlich noch ein Plätzchen für uns. Ich hatte wieder das Glück, einen Blick durch das Akten-Guckloch zu werfen. Was ich sah und hörte - machte mir Mut. Hatte ich beim ersten Anblick des Dienstzimmers und meinen ersten Gedanken an ein unvorstellbares Chaos gedacht, so kamen diesbezüglich Bedenken. Denn – die Fachkraft-Sachbearbeiterin in diesem Zimmer blieb fröhlich. Zwischen ihr und unserem fröhlichen Transporteur kam es sogar zu aufmunternden Worten – beachtlich in der Lage.

Dabei fällt mir weiter ein, dass ich mal offiziell etwas von einem organisierten Chaos gehört habe. Es soll sogar die Bezeichnung „Chaosregistratur" geben oder war es „Chaoslager" in einer Firma? Jedenfalls soll da nur der Computer wissen, wo sich etwas befindet, denn dort wird dann alles der Reihe nach eingelagert, wie es gerade kommt. Wird etwas gebraucht, ist dann nur noch der Computer zu befragen, wo man suchen soll – eigentlich nicht unpraktisch – wenn es denn auch so gewollt ist.

Aber ich will nicht zu weit abschweifen, denn ich will nur sagen, dass es bewundernswert ist, sich in den sehr vielen Vorgängen noch zu Recht zu finden und den Überblick zu behalten. Da muss man doch schon ein sehr guter Computer sein.

Auf jeden Fall waren wir wohl heute noch nicht dran und blieben unangetastet. Es dauerte auch nicht lange, bis es ganz ruhig wurde, denn die Menschen machten wieder einmal Feierabend. Mensch – das kennen wir Akten eigentlich gar nicht. Für uns war es trotz der Dunkelheit eine lange Nacht, denn die vielen Kollegen im Zimmer hielten uns mit abenteuerlichen Geschichten hellwach.

Und auch am nächsten Tag waren wir noch nicht an der Reihe. Gut – wir hatten dafür sehr viel Verständnis. Schließlich wussten wir ja auch nicht, wie lange unsere vor uns anwesenden Kollegen schon warteten, eine neue Bezeichnung zu erhalten.

Ja – sie hören richtig! Wir alle, die bei der Staatsanwaltschaft landen, bekommen hier einen neuen Namen – Geschäftszeichen nennen die Menschen das. Ich hatte ihnen ja schon dieses Geschäftszeichen genannt, als ich mich ihnen als Akte 752 Js 890/11 vorgestellt habe. Und in diesem Zimmer hier haben wir dann also doch noch nach angemessener Wartezeit das oben genannte Geschäftszeichen bekommen.

Wir waren jetzt also ein vollwertiges Mitglied der Staatsanwaltschaft, sozusagen mit einmaligem Mitglieds-Ausweis – sprich Geschäftszeichen.

Am nächsten Tag wurden wir getrennt. Das heißt: Die Asservate verabschiedeten sich von uns. „Die werden getrennt in einer Asservatenkammer von einem Asservatenverwalter aufbewahrt", so sagten uns die Alt - Akten, und die müssen das schließlich wissen.

So blieben wir als Akte allein zurück und warteten auf die Dinge, die nun auf uns zukommen würden.

Diese Dinge passierten jetzt ziemlich schnell. Denn ein uns neuer und unbekannter Sachbearbeiter holte uns aus dem Dienstzimmer ab und verbrachte uns in dessen Räumlichkeiten. Hier gab es doch tatsächlich Platz für einige Blumen. Wir fühlten uns gleich wohl. Aber Ruhe gab es für uns nicht. „Der Sachbearbeiter ist ein Staatsanwalt", flüsterte mir die neben uns liegende Akte zu. „Der wird jetzt genau in euch schauen und dann entscheiden, wie es weiter geht."

Und das machte der dann auch. Der zuständige Staatsanwalt befand die bisherigen Ermittlungen für ausreichend. Er fertigte eine Anklageschrift gegen drei Beschuldigte an – wegen der genannten Straftaten. Außer dem schlimmen Menschen waren zwei weitere Mittäter für schuldig befunden worden.

Bis dies alles in trockenen Tüchern war, geschrieben, korrigiert und letztendlich als Reinschrift für die Akten ausgedruckt, verging einige Zeit. Diese Zeit verbrachten wir hauptsächlich mit Zuhören, was uns so erfahrene Akten zu berichten hatten. Wir staunten – was es nicht so alles gibt! Und wir lernten auch neue Wörter kennen, Wörter von Menschen, die wohl die verschiedensten Gefühle ausdrückten. Da waren ruhige Töne im Raum, aber auch so kraftvolle, dass wir in unserem Aktenordner so manches Mal zusammen zuckten. Und dem Poltern nach zu urteilen, flogen manchmal auch Sachen durch den gesamten Raum und einmal auch beinahe aus einem Fenster.

Wir hörten auch aus einem Gespräch heraus, dass für uns erneut ein Ortswechsel anstand. Unsere Reise würde also schon wieder weiter gehen.

Wohin mag es uns wohl diesmal verschlagen?

----

beim Amtsgericht

Unser Aktenordner wurde wieder auf einen Aktentransportwagen verladen. Unser schon bekannter fröhlich pfeifender Beamter schob uns wieder über verschiedene Flure. Über die Wolga erfuhren wir dabei heute aber nichts Neues. Einiges erkannte ich auf dem Wege zum Fahrstuhl wieder. Auch das Rumpeln beim Hineinfahren war uns noch in guter Erinnerung. Und nachdem ich meinen anderen Blättern im Ordner zugerufen hatte: „Achtung - gleich rumpelt es wieder", waren die diesmal auch gar nicht mehr schreckhaft.

Durch unser Aktenordner-Guckloch sah ich, dass wir schon wieder ein neues Büro kennen lernen würden. Jetzt waren wir bei einem Amtsgericht gelandet. Schuld daran hatte der Staatsanwalt, der die Anklage verfügt hatte. Wir wären dabei noch so gerne einige Zeit bei der Staatsanwaltschaft verblieben, weil dort die Akten doch so schöne Geschichten erzählten. Außerdem hätten wir von den Menschen dort sicher auch noch viele neue Wortschöpfungen erlernen können. Flüche gefielen uns dabei auch sehr gut – in einer Hitliste standen die bei uns ziemlich weit oben.

Aber na gut – jetzt waren wir eben hier – wird schon gut gehen.

Über meine verschiedenen Namen oder Bezeichnungen hatte ich ja schon berichtet. Sie erinnern sich? Erst kam bei der Polizei die Tagebuch-Nummer, dann die Sache mit dem Js, einem Geschäftszeichen der Staatsanwaltschaft. Und jetzt erhielten wir eine weitere Bezeichnung. Außerdem bekamen wir nämlich noch ein AK – Geschäftszeichen, was so viel heißt wie Akten-Kontrolle. Somit hieß unser Aktenordner jetzt 186 Ds - 752 Js 890/11- 204/12. Und ich sage ihnen – dies soll nicht die letzte Bezeichnung in diesem Bericht sein. Mein Gott, wer soll sich das alles merken?

Diesmal landeten wir bei einer Richterin auf dem Schreibtisch. Nachdem sie sich den Anklageinhalt verinnerlicht hatte, hatte sie ein Einsehen mit dem Staatsanwalt, der sich große Mühe gegeben hatte. Sie ließ die Anklage zu und setzte einen Termin für eine mündliche Hauptverhandlung in einem Gerichtssaal des Amtsgerichts an.

Dieser Termin lag in ziemlicher zeitlicher Entfernung, da die Arbeit größer angewachsen war, als Zeit zur Verfügung stand.

Für uns war das nicht weiter schlimm, denn jetzt hatten wir doch noch Zeit, uns weitere Geschichten von den dortigen Akten beim Amtsgericht erzählen zu lassen.

Wir lagen auf Frist und fristeten sozusagen dort in einem Fach unser Dasein. Wir sahen das als Urlaub an, nachdem wir so herumgereist waren. Die vielen verschiedenen Behörden und ihre Menschen mussten auch erst einmal verkraftet werden.

Ach ja - eines noch: Ein Problem hatten wir schon, wenn das auch nur gering war:

Wir waren etwas aus der Spur, aus dem täglichen Trott heraus. Hier im Zimmer gab es nämlich kein Fax-Gerät-Geräusch. Somit hatten wir Probleme mit dem Einschlafen.

Aber im Laufe der langen Wartezeit auf den Hauptverhandlungstermin mit den Angeklagten gewöhnten wir uns schließlich an das fehlende Geräusch.

Flucht

Unsere Zeit im Fristenfach war eigentlich noch längst nicht abgelaufen.   Plötzlich wurden wir geschnappt und bearbeitet.   Was war geschehen? Gab es jetzt doch einen früheren Termin?   War ein anderer ausgefallen?

Es war wirklich der Fall, dass etwas ausgefallen war. Aber es war kein Termin.   Ausgefallen war der Hauptbeschuldigte – der „schlimme Mensch".

Bei einem Zahnarztbesuch war er seinen Begleitern entwischt.   Er war trotz intensiver Suche nicht mehr aufzufinden.

Als diese Nachricht von der Flucht beim Amtsgericht eintraf, handelte die dortige Richterin sofort. Sie veranlasste einen Haftbefehl und übersandte diesen mitsamt der Akte – also uns – wieder der Staatsanwaltschaft.

Wir machten also wieder mal einen Ausflug, und der tat nach der Liegezeit im Fristenfach eigentlich auch ganz gut.   Wieder ging es also als rollender Transport durch lange Flure, wieder hörten wir das Gepolter des Aufzugs.

Auch lauschten ich und meine Kollegenblätter auf uns bereits bekannte Stimmen. Auf den lustigen Transporteur mussten wir diesmal allerdings verzichten – der hatte wohl Urlaub. Dafür landeten wir wieder bei der lustigen Kollegin, in der Abteilung, wo wir unser Js - Geschäftszeichen bekamen.

Ach ja – noch eines: Unsere Seite 186 hatte diesmal Glück. Da wir ja inzwischen doch schon etwas an Seitenzahlen gewachsen waren, erwischte der erneute Eingangsstempel der Staatsanwaltschaft jetzt die neue letzte Seite unseres Aktenordners. Wir hatten alle gar nicht mehr daran gedacht, als wir einen kurzen Aufschrei der Seite 234 hörten. Aber auch hier konnten wir diese Seite mit Worten beruhigen, was ja auch schon bei dem damaligen Stempel-Vorfall mit der Seite 186 so schön geklappt hatte.

In der Abteilung 752 Js wurden wir jetzt sofort bearbeitet. Die Richterin hatte einen Vermerk geschrieben, dass dieser Fall „als sehr eilige Sofortsache" zu behandeln ist. Deshalb umrahmte uns ein roter Aktendeckel – wir waren also als sehr wichtig sofort zu erkennen.

In der Abteilung trafen auch zwei Meldungen über die Flucht ein – eine von der Justizvollzugsanstalt und eine von der örtlich dafür zuständigen Polizei. Zusammen mit diesen als Fax eingegangenen Meldungen wurden wir in ein weiteres Bürozimmer gebracht.

Diesmal ging es nicht polternd mit einem Aktentransportwagen durch die Flure. Wir wurden auf Händen, oder besser gesagt „unter dem Arm geklemmt" getragen. Und wenn wir ein wenig Poltern hörten, so stammte dies nicht von einem Transportgerät – es war auch mehr so etwas wie ein leichtes „Nörgeln". Lag es an uns? Aber so schwer waren wir doch noch gar nicht! Vielleicht haben wir uns das alles aber ja auch nur eingebildet. So landeten wir jedenfalls in der Fahndungs-Abteilung

----

Fahndung

Im Fahndungs-Dezernat der Staatsanwaltschaft wurden wir sofort als sehr wichtig und dringend erkannt, was auch an unserem auffallend roten Deckel lag. Wir erhielten deshalb eine Vorzugbehandlung.

Eine der Fahndungssachbearbeiterinnen, die für uns zuständig war, legte uns liebevoll auf ihren Schreibtisch. Dort mussten zwei oder drei andere Akten weichen, die nicht so dringend bearbeitet werden mussten.

Ja hallo, da mussten wir uns einiges anhören. Die verdrängten Akten murrten und waren gar nicht freundlich zu uns – dem Neuankömmling.

„Haben es die Herrschaften sehr eilig?", riefen sie. „Gerade angekommen und sich nicht hinten anstellen wollen, das haben wir gerne!"

„Lasst sie doch in Ruhe", rief eine andere altgediente Akte dazwischen. „Ihr seht doch, dass die einen roten Deckel haben. Es dürfte nicht neu für euch sein, dass solche absolut Vorrang haben."

Das Murren hörte nun sofort auf – wir waren dran.

Während der ganzen Zeit, als der rote Deckel uns umgab, konnte ich gar nichts sehen – mein Guckloch war versperrt. Jetzt war die rote Ummantelung entfernt und ich konnte wieder einen kurzen Blick in meine Umgebung riskieren. Was ich sah – gefiel mir. Ich erkannte Blumen im Zimmer, und meine Bearbeiterin, die mich liebevoll durchblätterte, gefiel mir auch.

Sie stellte die nötigen Papiere für die Fahndungs-Ausschreibung zusammen. Aus unserem Aktenordner entnahm sie den gesiegelten und unterschriebenen Haftbefehl. Mit diesem und den Papieren verließ sie uns. „Ich gehe mal kurz zum Fax", rief sie ihrer Kollegin im Zimmer noch zu. Aha, dachte ich – schade, dass ich nicht mit darf. Da hätte ich doch glatt mal ein Fax bei der Arbeit erleben dürfen und nicht nur summend und abwartend.

Es dauerte aber nicht lange, und schon kamen alle zurück, Papiere, Haftbefehl und natürlich die Fahnderin. Ein weiteres Blatt wurde in uns eingeheftet – ein Blatt, welches direkt aus dem Fax-Gerät kam. Auf Nachfrage erzählte es uns, wie ein Fax-Gerät arbeitet. Das kam mir verdammt bekannt vor – also „ähnlich" wie damals im Kopierer.

Schon am nächsten Tag lag eine Bestätigung vor, dass die Fahndung auch beim Landeskriminalamt (LKA) läuft. Der Flüchtige wurde jetzt also in ganz Deutschland gesucht. Darüber hinaus erhielt auch die für seinen Wohnsitz zuständige Polizei Kenntnis von der Ausschreibung mit Haftbefehl. Solange keine weiteren Hinweise auf einen Aufenthalt erfolgen, war jetzt erst einmal Geduld angesagt.

Abteilung 752 Js

Nachdem die Fahndungs-Ausschreibung zur Festnahme erfolgt war, gelangten wir zur Abteilung 752 Js zurück. Dieses Mal gab es auch wieder das ganze Programm – lange Flure, polternde Fahrstühle, Aktentransportwagen und unser allzeit beliebter Transporteuer - der mit der Wolga.

Bei Ankunft in der Abteilung gab es hier ein großes Hallo – nicht nur zwischen der dort arbeitenden Beamtin und unserem beliebten Transporteur, nein – sondern auch unser Wiedersehen mit einigen bekannten dortigen Akten wurde natürlich entsprechend gefeiert. So schnell hatten die gar nicht mit uns gerechnet, denn wenn alles glatt gelaufen wäre, dann würden wir uns erst nach Monaten wiedersehen, je nach Fall auch erst nach Jahren. Jetzt hatten wir also doch noch die Zeit, uns deren Geschichten weiter anzuhören.

Es vergingen zwei Monate, die für uns die reine Erholung waren. Wir lagen in einem Fristenfach, träumten vor uns hin, wurden nicht geworfen, nicht gestempelt, nicht gelocht – Urlaub war angesagt.

Fristablauf

Urplötzlich wurden wir gepackt. Die Sachbearbeiterin der Abteilung war es, die uns aus dem Schlaf riss. „So, die Pause ist vorbei – Fristablauf heißt das Zauberwort – wieder ran an die Arbeit", so hörten wir aus ihrem Munde.

Gut – wir werden dafür ja eigentlich nicht bezahlt, aber Faulheit lassen auch wir uns nicht nachsagen. All unsere Blätter rissen sich zusammen, gähnten unhörbar für die anwesenden Menschen noch einmal sehr herzhaft und waren dann zu allem bereit.

Fristablauf – dieser Ausdruck kam viele Male in unserem Aktenleben vor – eigentlich bei allen Behörden, in denen wir uns aufhielten.

Fristablauf – dies hatte der zuständige Staatsanwalt so bestimmt und zwar für den folgenden Zeitpunkt: zwei Monate nach Einleitung der Fahndung. Und das war genau heute.

Ein Grund war, dass geprüft werden soll, ob die Fahndung inzwischen erfolgreich war. Diese Erfolgs-Meldung wäre aber auch automatisch in der Zwischenzeit vom LKA oder der Polizei erfolgt.

Der weitere Grund war, dass eine Prüfung zur Weiterführung des Verfahrens erfolgten soll. Da sich heraus stellte, dass der Flüchtige immer noch irgendwo herumrennt oder sich versteckt, entschied sich der Staatsanwalt für eine Abtrennung.

Wir hörten dies und fragten natürlich sofort bei den erfahrenen Alt-Akten nach, was dies für uns bedeutet. Mein Gott – was will man denn von uns abtrennen – ist das etwa schmerzvoll?   Ich dachte bei diesem Wort gleich an den Locher.

„Nein", antworteten gleich mehrere Akten aus den Fristenfächern. „Das tut gar nicht weh. Das ist nur mal wieder so ein Fachausdruck, den die Behörden so drauf haben. Habt ihr euch denn noch nicht an so etwas gewöhnt? Na – jedenfalls heißt das in eurem speziellen Fall, dass wohl gegen die drei Angeklagten getrennt weiter verfahren werden soll."

Wir waren beruhigt – meine inzwischen 248 Seitenkollegen und ich.

Und nach der Unterweisung durch die Aktenkollegen kann ich auch ihnen jetzt einen Vortrag halten, wie mit uns weiter verfahren wurde –besonders im Hinblick auf die Abtrennung.

Ich kann ihnen dies deshalb so gehaltvoll erzählen, da unser Staatsanwalt mit der Richterin am Amtsgericht telefonisch die Sachlage besprochen hatte. So hörten wir alle mit, dass die Fortführung des Verfahrens geändert wird. Die Anklage gegen den Flüchtigen wird bleiben, aber insgesamt abgeändert, weil das Verfahren gegen die beiden Mitangeklagten Fortgang haben soll. Der Fortgang soll insofern erfolgen, dass gegen diese beiden Strafbefehle angeordnet werden. Das hat zwar den gleichen Strafsinn, aber eine Hauptverhandlung muss dann nicht mehr stattfinden, „wenn" denn die Beschuldigten die Strafbefehle akzeptieren.

So wurde es also gemacht. Der Staatsanwalt fertigte die Strafbefehle und alles, was sonst noch erforderlich war. Was dann für uns Akte erfolgte, war doch nicht so ganz ohne. Wir Blätter wünschten uns, dass wir Sonnenbrillen zur Verfügung gehabt hätten.

Es brach nämlich ein Unwetter über uns herein. Es rappelte unaufhörlich – dazu zuckten so viele Blitze, dass wir mit dem Zählen aufhörten. Daher also die Bitte nach Sonnenbrillen als Blendschutz. Wir waren im Kopierer, wir wurden kopiert – für die Abtrennung.

Sozusagen waren wir jetzt Zwillings-Akten geworden. Unseren frisch entstandenen zweiten Akt bezeichneten die Menschen als Doppelakte.

Darin hefteten sie auch die Original-Strafbefehle und nahmen Kopien davon zu uns – der Originalakte. Da alle beiden Ordner nun den gleichen Wissensstand hatten, konnte jetzt vom Amtsgericht alles wegen den beiden Mittätern in der Doppelakte veranlasst werden.

Für mich und meine Blätter bedeutete dies wohl einen Abschied von unseren neu kopierten Freunden. Deshalb machten wir aus dieser letzten Nacht, die wir hier wohl zusammen verbringen würden, eine schlaflose Nacht. Es gab noch einmal besonders spannende Geschichten von den älteren Akten zu hören. Gut – schlafen können wir wohl später immer noch genug – dachten wir einstimmig.

Am kommenden Morgen gab es eine riesige Überraschung für uns!

Eines muss ich aber vorab noch erklären: Wir waren jetzt insgesamt vier Aktenordner: wir als Original, dann die Doppelakte und – jetzt kommt`s: Die Menschen hören ja alle so brav auf ihre stets allgegenwärtige Aktenordnung.

Der dramatische Fall war eingetreten, dass unser Aktenband die magische Zahl von 250 Seiten inzwischen überschritten hatte. Also trat die Aktenordnung auf den Plan und es wurde ein Band zwei angelegt, beginnend mit der Seite 251. Natürlich wurde das auch für die Doppelakte so verfügt. Daher sind wir jetzt also für unser bekanntes Geschäftszeichen vier Aktenordner.

Da auch unser zweiter Band mit so einem Guckloch ausgestattet war, wie auch die beiden kopierten Akten, hatte ich jetzt richtige Helfer, um die Dinge um uns herum zu beobachten und unsere Eindrücke an die Seiten weiter zu geben, die auf Grund ihrer geographischen Lage nicht selbst sehen können.

Mann - waren wir froh. Selbst wenn jetzt die Trennung – also die Abtrennung – erfolgen sollte, so blieb keiner allein. Zumindest hatte jeder der beiden Original- und Doppelakten einen Kumpel. Da wollen wir mal nicht so sein und danken dafür der Aktenordnung recht herzlich, dass sie das für diesen Fall - so rührend um uns besorgt - vorgesehen hat. Ich hoffe, das war auch so die Absicht des dann feinfühligen Schöpfers dieser Ordnung – oder?

Und es kam immer besser! Der Staatsanwalt hatte verfügt, dass w i r a l l e zusammen zum Amtsgericht gebracht werden sollen. Welch eine Freude brach unter uns aus. Wenn das man nicht sogar die Menschen gehört haben – mussten sie eigentlich, bei dem Lärm, den unser Jubel veranstaltete.

Zum einen sollte ja das Strafbefehl-Verfahren gegen die Zwei fortgeführt werden. Weiter sollte die Original-Akte ebenfalls beim Amtsgericht vorliegen, wenn der darin Gesuchte gefasst wird. Dann ist die Akte zur Vorführung des „schlimmen Menschen" durch die Polizei gleich beim Amtsgericht und braucht nicht mehr extra von der Staatsanwaltschaft angefordert werden.

Leute – wir alle vier werden also zusammen auf Reisen gehen!

Bei der Staatsanwaltschaft verblieben nur deren Hand-Akten. Darin war alles vorhanden, was die Staatsanwaltschaft zum Verfahrensstand wissen musste. Auch Fahndungs-Unterlagen bzgl. der Festnahme-Ausschreibung blieben dort, bis sich die Fahndung erledigt oder verlängert werden muss; denn die normale Ausschreibung läuft drei Jahre.

zurück beim Amtsgericht

Den diesmaligen erneuten Transport zum Amtsgericht erspare ich ihnen – nur so viel: wir alle gemeinsam kamen gut gelaunt in dem Zimmer wieder an, wo sich die Richterin sofort um die vorgelegten Strafbefehle kümmerte, diese unterschrieb und die Zustellung per Post an die Beschuldigten anordnete.

Dann hatten wir erst einmal wieder Pause und warteten ab, wie es jetzt wohl weiter ging. Selbstverständlich hatten die Akten beim Gericht viele Fragen an uns - wie es uns so ergangen war und wie es dazu kam, dass wir jetzt so zahlreich wieder zu denen zurück kamen.

Sobald die Menschen Feierabend machten und endlich wieder Ruhe eintrat, begann sofort wieder unsere gemeinsame Erzählzeit. Wir hörten so viel, dass wir manchmal nicht unterscheiden konnten, ob Wahrheit vorlag oder nur ein Märchen erzählt wurde. Interessant waren aber beide Varianten.

Ich kann verraten, dass die Strafbefehle rechtskräftig wurden - es gab keine Einsprüche.

Somit ergab sich schon wieder eine Reise. Diesmal war das für die Doppelakte mit ihren beiden Aktenbänden der Fall. Der Grund war der, dass nun die Geldstrafen aus den Strafbefehlen von der Staatsanwaltschaft eingefordert wurden, da diese für deren Vollstreckung zuständig ist.

Wir zwei Original-Aktenbände verblieben beim Amtsgericht, wo wir es uns eine längere Zeit gemütlich machten – während der Wartezeit, ob eine Festnahme des „schlimmen Menschen" erfolgen würde.

Und während dieser Wartezeit wurde lebhaft in den Abend- und Nachtstunden darüber diskutiert, ob Akten wohl Kilometergeld einfordern können – da kam doch einiges im Laufe der Zeit an Transportwegen zusammen. Wer aber sollte dieses tun, wo wir doch keine eigene Gewerkschaft haben? Wir beschlossen deshalb einstimmig, darüber keinen Streit anzuzetteln, mit wem auch immer.

Erfolg der Fahndung

Inzwischen war über ein Jahr ohne neue Erkenntnisse über den Verbleib des „Gesuchten" vergangen. Die Geldstrafen bezüglich der beiden mit Strafbefehl belegten Täter waren längst gezahlt; die Doppelakten waren wieder mit uns Original-Akten vereint – wir alle warteten beim Amtsgericht auf die da kommenden Dinge.

Und diese kamen auch, an einem Freitag-Nachmittag in Form von Eingaben. Sie wissen nicht, was das bedeutet? Moment – ich erkläre es ihnen sofort. Diese Eingaben kamen als Schriftstücke in das zuständige Büro des Gerichts, wo auch wir lagerten. Sie kamen von der Abteilung Fahndung der Staatsanwaltschaft und besagten folgendes:

Eine Polizeidienststelle hatte nach dort per Fax mitgeteilt, dass der Gesuchte verhaftet und nach Verkündung des Haftbefehls erst einmal in eine Justizvollzugsanstalt fern der Heimat eingeliefert worden war, da die Festnahme in einem anderen Bundesland erfolgte. Die festnehmenden Beamten hatten wirklich vorbildlich gehandelt.

Sie benachrichtigten das zuständige Landeskriminalamt und weiter die örtlich für den Gesuchten zuständige heimatliche Polizei-Dienststelle von der Festnahme, und diese konnte sodann auch ihre Fahndung löschen. Die Justizvollzugsanstalt unternahm unverzüglich Maßnahmen, um den Inhaftierten in eine örtliche Zuständigkeit zu verschuben (... zu verlegen).

Die Fahndungsbeamtin war höchst erfreut über diese Geschehnisse, zumal gerade auch schon der Haftbefehl mit Erledigungsvermerk der Festnahme und der Nachricht über den Verbleib in der Justizvollzugsanstalt vom Landeskriminalamt wieder bei ihr eingetroffen war - auch der Haftbefehl der örtlichen Polizei war zurück. Somit war die Fahndung erfolgreich abgeschlossen.

Als die Fahnderin dann die „Eingaben" zum Amtsgericht brachte, summte sie ziemlich vergnügt vor sich hin „Wir kriegen euch alle – irgendwann!"

Und in diesem Augenblick saß der Festgenommene bereits in einem Gefangenen-Transportfahrzeug.

Ja hallo - sicher können sie sich lebhaft vorstellen, wie auch wir Akten diesen Erfolg gefeiert haben – auf unsere Weise eben - nicht mit Sekt und Schnittchen, aber lautstark.   Dazu hatten wir ja auch jetzt das ganze Wochenende über Zeit. Sicher würde es dann sehr spannend werden, wenn wir den Festgenommenen wieder sehen. Und besonders gespannt waren wir auf dessen Gesicht, das sicher keine Freude über die Festnahme ausstrahlen dürfte.

Erst recht gespannt waren die Doppelakten, die den „schlimmen Menschen" ja noch nie gesehen hatten.

----

im Gerichtssaal

Einige Wochen gingen relativ schnell vorbei – ist ja auch kein Wunder, wenn man so viele Kollegen mit ihren Abenteuererzählungen in der Registratur um sich herum hat. Da vergeht die Zeit eben viel schneller, als wenn man nur abgelegt im Keller vor sich hin schmort.

Dann war endlich der große Tag gekommen, wo wir auf den „schlimmen Menschen" im Gerichtssaal warteten. W i r waren nämlich schon da, standen ordentlich aufgereiht auf dem Tisch der Richterin. Und dass wir so ordentlich aussahen, das war auch gut so. Denn wir hatten viele Zuschauer. Das hätten wir doch nie gedacht, dass wir und unser Fall so interessant sind, dass alle Plätze in den drei Zuhörerreihen besetzt waren. Außer uns und denen war auch schon ein Staatsanwalt anwesend, der sich Notizen machte. Weiter saß ein ziemlich hübsches Mädel mit im Raum, das ebenfalls eifrig einige Formulare beschrieb. Formulare – kennen wir ! Dann kam der dramatische Augenblick. Von zwei Justizwachtmeistern wurde der Angeklagte herein geführt – und ich kann euch sagen: Mann, was hatte der für einen Gesichtsausdruck.

Begeisterung sieht anders aus.   Der sollte doch froh sein, dass die Flucht zu Ende ist. Ich kann mir nicht vorstellen, dass man auf so einer nur schöne Tage hat, doch sicher auch Angst und Stress.   Jetzt hat er ein Dach über dem Kopf, ein Bett und regelmäßiges Essen.   Etwas vom Land hat er auf seinem Transport hierher auch gesehen, wenn auch wohl nur durch die Gitterstäbe des Gefangenen-Transportbusses.

Nun ja, jetzt war er eben hier – und dann: so ein mieses Gesicht zu ziehen.   Da alle Seiten in den Ordnern die Köpfe schüttelten, nachdem ich denen die Vorgänge im Saal geschildert hatte,   wackelten wir ein bisschen hin und her.   Fast wäre ein Ordner umgefallen.   Wir waren alle gespannt, wie dies wohl nun weiter gehen wird.

Zuletzt, ihrem Amt angemessen, erschien die Richterin, die für unseren Fall zuständig war. Nachdem alle Anwesenden im Saal sie begrüßt hatten, was durch gehorsames Aufstehen geschah, nickte sie wohlwollend, und alle waren brav und setzten sich wieder hin.

Die Richterin stellte fest, w e r   alles erschienen war, von den Zuhörern einmal abgesehen. Das würde aber auch zu weit gehen, fanden wir.

Danach verteilte die Richterin Wörter. Zuerst erhielt der Staatsanwalt diese und konnte somit seine Anklageschrift vortragen. Und das nette Mädel trat auch in Aktion. Wir erfuhren, dass sie eine Protokollführerin ist, die den gesamten Ablauf der Verhandlung protokollierte.

Ach ja - nicht vergessen werden sollte noch, dass links und rechts neben der Richterin noch zwei Menschen saßen, die als Schöffen vorgestellt wurden. Damit konnten wir erst nichts anfangen. Auf jeden Fall waren die wohl auch richtig wichtig, sonst hätten die gar nicht mit am Richterinnentisch sitzen dürfen. Auffällig war nur, dass die beiden Schöffen ganz privat gekleidet waren, anders als die Richterin, die von einem schwarzen Umhang umgeben war. (... wie wir später erfuhren, so war das eine Amts-Robe und sehr wichtig für den Respekt)

Nachdem der Staatsanwalt seine Wörter wohl verbraucht hatte, setzte der sich wortlos hin. Die Richterin fragte den Angeklagten, ob er etwas zu sagen habe. Das war nicht der Fall. Der Typ sagte gar nichts, schüttelte nur mit dem Kopf. Er hatte auch sonst keinen dabei, der etwas sagen sollte und es sogar abgelehnt, einen Verteidiger zu bekommen, denn seinen eigenen Anwalt hatte er inzwischen entpflichtet (entlassen).

Zusammen mit den Zuhörern und so waren es eigentlich genug Menschen im Raum, schließlich gab es keinen einzigen freien Stuhl mehr. Aber die Richterin wollte wohl auch noch den letzten Quadratmeter gefüllt sehen und ließ noch mehr Leute herein rufen. Es war nur zu gut, dass sie dazu auch erklärte, warum sie es tat – so blieben auch wir Akten wenigstens nicht ahnungslos und lernten und lernten dazu.

Die herein gerufenen Menschen waren also Zeugen. Anscheinend war deren jetzt folgende Vernehmung so geheimnisvoll, dass der eine nicht vom anderen hören sollte, was gesagt wurde. Denn alle Zeugen wurden einzeln befragt. Wenn der eine dran gewesen war, durfte er aber dann im Saal sitzen bleiben und weiter zuhören.

Die Verhandlung dauerte gar nicht lange, da alle Vernehmungen zügig über die Bühne gingen. Durch die Aussagen der Zeugen war der „schlimme Mensch" eindeutig überführt. Der wollte jedoch immer noch nichts sagen. Mann, hier im Saal durfte niemand so einfach von sich aus reden, und der Typ, der hier gleich mehrfach die Möglichkeit dazu bekam – der sagte einfach nichts.

Dafür sagte der Staatsanwalt aber was – und das nicht zu knapp. Anscheinend hatte der für seinen Schlussvortrag wieder viele Wörter zur Verfügung gestellt bekommen. Er schloss damit ab, dass er für den Angeklagten eine Freiheitsstrafe forderte.

Auch der „schlimme Mensch" erhielt noch einmal Gelegenheit, seine eigene Sprache vorzustellen, sozusagen als sein „letztes Wort". Aber auch davon machte er keinen Gebrauch. Vielleicht dachte er bei sich „Ich habe nicht mein erstes Wort gebraucht, warum soll ich dann ein letztes sprechen, womit das dann ja auch eigentlich erst das erste wäre."

Oh Herr, was soll ich sagen, die Gedanken der Angeklagten sind wohl so manches Mal unergründlich.

Aber dann kam es ganz „dicke". Anscheinend war das Benehmen der Sprachverweigerung nun auch für die Richterin zu viel des guten. Sie sah den Angeklagten ein letztes Mal an, zuckte mit den Schultern, raffte uns Akten zusammen und verließ mit ihren Schöffen mit wehendem Talar den Saal – sie hatte wohl genug und die Nase vom Angeklagten endgültig voll. Es dauerte eine ganze Weile. Ich wusste wirklich nicht, ob wir wieder in den Saal kommen würden.

Das dachten wohl auch die Zuhörer, denn einer nach dem anderen verließ ebenfalls den Saal. Es folgten die Zeugen. Das war schon eine seltsame Situation, wie uns dies die Doppelakten erzählten, die auf dem Richtertisch geblieben waren.

Ganz still hatten die zwei Bände miteinander getuschelt, konnten sich aber keinen Reim darauf machen. Band 2 der Doppelakte hatte aber die ganze Zeit den Staatsanwalt im Blickfeld gehabt, das teilte sie uns dann auch mit. Die Kollegen waren also doch nicht ganz allein gelassen worden. Und was ihnen mangels schiefer Lage auch entgangen war, weil sie nicht durch das verdeckt liegende Akten-Guckloch schauen konnten – der Angeklagte und seine bewachenden Justizwachtmeister, die waren auch noch da.

Dann hatten wir doch noch unseren Auftritt. Die Richterin hatte es sich wohl überlegt – nach vielen energischen Worten und Beratungen mit den Schöffen. Mit uns unter dem Arm betrat sie doch noch einmal den Saal, die Schöffen folgten ihr.

Anscheinend war wohl die Zeit für alle etwas knapp. Denn Richterin und Schöffen setzten sich gar nicht erst wieder hin. Auch der Staatsanwalt, der Angeklagte und seine Bewacher standen auf, als ob sie auf dem Absprung wären. War das das Ende?

Keinesfalls, denn es gab keine verabschiedenden Worte an die Saalgemeinde. Mit ernstem Blick fixierte die Richterin den Angeklagten, der jetzt doch nicht mehr so forsch schaute und einen unruhig wirkenden Eindruck machte.

Die Richterin verkündete das Urteil. Der „schlimme Mensch" erhielt eine Freiheitsstrafe für alle seine von den Zeugen geschilderten Taten in Höhe von 1 Jahr und 6 Monaten. Ob er das erwartet hatte? Jedenfalls fand er immer noch kein einziges Wort, obwohl sein Mund weit offen stand.

„Bravo" hätten wir am liebsten gerufen. Wir alle – Original- und Doppelakten waren uns da völlig einig. Mit großer Erleichterung hatten wir vernommen, dass dieser miese Bursche für seine Taten zur Rechenschaft gezogen wird. Und richtig fröhlich wurden wir und hätten beinahe wieder geschunkelt, als der jetzt Verurteilte von seinen Bewachern abgeführt wurde. Er würde nicht mehr frei herum laufen, nachdem er bereits einmal geflüchtet war. Sein Weg zeigte in Richtung nächste Justizvollzugsanstalt, wo er seine Strafe absitzen würde. Wir wussten zwar, dass das Urteil noch nicht rechtskräftig war, da nur der Staatsanwalt auf Rechtsmittel verzichtet hatte – aber mal abwarten.

Und natürlich kam es, wie es kommen musste. Für den Verurteilten flatterte ein Schreiben ins Büro der Richterin, verfasst von einem Rechtsanwalt. Aha – er hatte also doch wieder einen Anwalt! In diesem Schreiben wurde mitgeteilt, dass das Urteil vom Verurteilten nicht anerkannt und somit Berufung eingelegt wird.

„Berufung" – schon wieder etwas Neues für uns! Was würde denn jetzt schon wieder geschehen. Und wer würde dazu berufen werden?

Die Alt-Akten in der Registratur wussten natürlich sofort, was Berufung bedeutet. Sie sagten uns aber nur, dass wir schon wieder eine Reise zu erwarten haben, verrieten aber nichts Näheres. Wir sollten uns einfach mal überraschen lassen. Sicher würde auch der weitere Verfahrensgang für uns ziemlich interessant werden.

----

beim Landgericht

Schon wieder hieß es also Abschied nehmen von unseren gerade erst so lieb gewordenen Freunden. Zum Abschied wackelte die ganze Registratur – so sehr bewegend war es für alle Akten, die zurück blieben.

Einige Zeit später hieß es für „uns" nun wieder – ab auf einen Aktentransport-Wagen und los ging es in uns unbekannte Gefilde. Gut – neugierig waren wir schon, was uns jetzt wieder erwartet. Angst hatten wir aber kein bisschen mehr – weder vor einem Fahrstuhl, noch vor Druckern oder Lochern und vor den Menschen sowieso nicht, denn die überwiegend meisten von denen gingen recht liebevoll mit uns um.

Und jetzt waren wir auch eigentlich gar nicht mehr so richtig böse auf den „schlimmen Menschen". Schließlich hatte der uns durch seine Berufung diese weitere Reise ermöglicht – unser Horizont und unsere Reiseerfahrungen würden dadurch erweitert; so kann man es auch mal sehen.

Nach längerem Transport und vielen neuen Eindrücken kamen wir im Landgericht an.

Hier bekamen wir – sie ahnen es sicher schon – einen weiteren Namens-Zusatz.

Aber ganz wichtig <u>zuvor noch</u>:

Im Band 2 erwischte es diesmal die Seite 358. Richtig erahnt - dieses Mal hatte der Eingangsstempel der Wachtmeisterei des Landgerichts zugeschlagen. Wie sie wohl ahnen – auch in diesem Fall konnten wir Seitenkollegen beruhigend auf die überraschte und mit einem lauten „Aua" wimmernde Seite einwirken.

Und jetzt zum weiteren Namens-Zusatz.

Wir bekamen den Zusatz „Ns", der uns jetzt als Berufungs-Sache kennzeichnete. Ich muss gestehen, wir als Akte machen uns gar nichts daraus, denn inzwischen haben wir so viel gesehen, gehört und erlebt, dass es uns beinahe egal ist, wie wir denn jetzt nun eigentlich genau heißen. Von einem Menschen in einem Büro hatte ich einmal gehört, dass „Namen Schall und Rauch sind". Verstanden habe ich das zwar nie so richtig, aber ist es für uns als Akte wichtig? Ich denke nicht - die Menschen müssen damit klar kommen.

Auch bei diesem Gericht hier – dem Landgericht – wurde ein Termin zur Hauptverhandlung wegen der eingelegten Berufung anberaumt. Wie bei fast allen Gerichten, so sind diese terminlich so voll belegt, dass nun wieder eine geraume Wartezeit ins Land, bzw. in die Regale gehen würde, bis wir wieder unseren Auftritt haben.

Eine Abwechslung für uns gab es aber immerhin. Der Anwalt des „schlimmen Menschen" forderte Einsichtnahme in uns Akte. Erst dachten wir, da kann ja jeder kommen, aber uns wurde klar gemacht, dass dies so seine Ordnung hat, weil es so vorgesehen ist. Eine Botin des Anwalts holte uns aus dem Büro des Landgerichts ab und machte mit uns diesmal die Stadtrundfahrt. Da sie kein Navigationsgerät in Betrieb hatte, sagte uns auch keiner, wo wir gerade waren. Aber die Fahrt dauerte zum Glück nicht so lange, und zügig landeten wir auf dem Schreibtisch des Anwalts.

Schon am nächsten Tag hatte der mit seinem Mandanten eine Besprechung. Mann - was wir da zu hören bekamen, das geht auf keine Kuhhaut. Wir müssen uns auch jetzt noch in diesem Augenblick echt richtig zusammen reißen, um nicht aus den Ordnern zu fahren.

Was der „schlimme Mensch" so von sich gab, das war haarsträubend – demnach war er ja ein richtiges Unschuldslamm.

Es tut uns fast leid, dass auch für uns die Vertraulichkeit des Wortes gilt – was hier in diesem Fall das Anwaltsgeheimnis bedeutet. Wenn Balken im Zimmer wären, uns hätte das den Angstschweiß vor dem Balken-Verbiegen auf die Seiten getrieben.

Selbst dem Anwalt schien das alles auf den Geist zu gehen, denn dessen Mienenspiel verhieß nichts Gutes. Nachdem er den Redeschwall des Mandanten endlich stoppen konnte, machte er einen Vorschlag.

„Wir werden eine Verurteilung nicht vermeiden können", sagte er. „Aber es gibt eine geringe Chance, dass die Strafe zur Bewährung ausgesetzt werden könnte. Das ist alles, was ich für sie noch tun kann."

Der Redeschwall des Mandanten ging Gott sei Dank nicht von vorn los. Sogar kleinlaut war der Kerl jetzt auf einmal, als er sagte: „Nun gut, wenn es nicht anders geht – versuchen sie die Bewährung."

Zurück beim Landgericht sahen wir, wie der nun zuständige Richter den Antrag des Anwalts las - und er las dieses Schreiben mit leichtem Kopfschütteln. Auch seine beiden Richter-Kollegen, die mit ihm in einer „Kammer" arbeiteten, schüttelten zuerst die Köpfe – angesichts der Dreistigkeit des Antrags auf Bewährung. Genau, wegen der Dreistigkeit war dies der Fall und nicht etwa, weil sie in einer „Kammer" arbeiteten. Nein – jeder von ihnen hatte schon ein eigenes Dienstzimmer - ganz schön große Büros, mit einer Kammer gar nicht zu vergleichen. Das alles nennt sich bloß so, weil mehrere Richter eine Strafkammer für diesen Fall bildeten, was aber nichts mit Räumlichkeit zu tun hat.

Den weiteren Verlauf einschließlich der erneuten Hauptverhandlung bzgl. der Berufungsverhandlung erspare ich ihnen. Soviel sei nur gesagt: Tatsächlich hat der Kerl doch noch einmal Bewährung bekommen. Die Freiheitsstrafe wurde für 3 Jahre ausgesetzt, in denen er sich positiv bewähren muss – ansonsten sitzt er wieder. Da der Staatsanwalt dem zustimmte, wenn auch mit Bauchschmerzen, wie er sagte, konnte der jetzt zu einer Bewährung verurteilte auch als freier Mann den Sitzungssaal verlassen – der Schuft.

Die Angelegenheit war jetzt somit rechtskräftig, denn natürlich hatten Mandant und Anwalt sofort auch auf weitere Rechtsmittel oder Rechtsbehelfe verzichtet. Nachdem die Kammer das Urteil schriftlich zu den Akten – also zu uns – genommen hatte, gingen wir wieder einmal auf die Reise.

Die Staatsanwaltschaft konnte schon einmal den Teppich für uns ausrollen.   Denn kurz darauf waren wir auch schon wieder auf dem Wege dorthin. Sie wissen schon – die Staatsanwaltschaft ist für die Vollstreckung zuständig.   Aber diesmal wacht sie nicht allein über den Verurteilten, denn vom Gericht wurde auch ein Bewährungsheft angelegt. Sollte der „schlimme Mensch" in den kommenden 3 Jahren keine Dummheiten machen, würde seine Strafe dann vom Gericht im Bewährungsheft „erlassen" – will heißen, die ist dann erledigt.

Für uns Aktenbände hieß das damals, dass wir bis zum Bewährungs-Ablauf wieder einmal auf Frist gelegt werden.   Wir hatten jetzt also eine längere Auszeit vor uns und unsere Pflicht getan.

Ablauf der Bewährungszeit

Wir Aktenbände hätten nicht damit gerechnet, dass wir so lange in Ruhe gelassen würden. Nun sind es tatsächlich schon 3 lange Jahre her, dass die Verurteilung erfolgte. Sie können sich sicherlich ganz gut vorstellen, dass wir in dieser Zeit jede Menge Staub angesetzt hatten. Und weiter können sie uns gerne glauben, dass es uns ein bisschen langweilig war, mal abgesehen davon, wenn neue Akten zu uns gebracht wurden, die neue Geschichten erzählen konnten.

Nur ein einziges Mal waren wir in diesen 3 Jahren bewegt worden. Wir wurden nämlich zu einem Bezirksrevisor am Landgericht geschickt, der einen Kostenfestsetzungs-Antrag des Rechtsanwalts zu prüfen hatte. Da dieser Antrag korrekt war, erhielt der Anwalt seinen beantragten Kostenfestsetzungs-Beschluss und kann nun sehen, wie er sein Geld von seinem Mandanten bekommt.

Ach ja - das Bewährungsheft schickte noch einen Gruß mit der Mitteilung, dass die Strafe erlassen wurde, da nichts nachteilig gesagt werden konnte.

Das Ende unserer Akten-Karriere schien jetzt gekommen – war ja eigentlich auch eine lange Zeit.

Wenn man bedenkt, dass ich – wenn ich weiter so für uns ganze Akte sprechen darf - als Einzelblatt Anfang 2011 bei der Polizei angefangen habe, das ist ja wirklich schon lange her. Das Gerichtsverfahren hat seine Zeit in Anspruch genommen, besonders ein ganzes Jahr fehlte wegen der Fahndung nach dem „schlimmen Menschen". Wenn man dann noch die Berufung rechnet und die lange Wartezeit auf das Ende der Bewährung, dann ist es kein Wunder, wenn wir jetzt inzwischen 2016 haben.

Wir wurden jetzt von der Abteilung 752 Js herzlich verabschiedet, in der wir so lange Zeit verbracht haben. Eine für den Keller zuständige Dame holte uns von dort ab und geleitete uns ins Archiv, wo alle Dinge aufbewahrt werden, die noch nicht der Vernichtung zugeführt werden dürfen.

Wir wussten, was nun auf uns zukommt - Einsamkeit, weil wir das von anderen Akten gehört haben. Deshalb konzentrierten wir uns voll auf die Umgebung, die uns in die Tiefe des Gebäudes begleitete. Wir nahmen noch einmal die langen Gänge wahr, die Oberlichter und den Polter-Aufzug.

im Keller

Das ist es also, was vom Leben übrig bleibt? Ich liege im Keller.   Und ich habe noch nicht einmal einen Platz in einem Regal.   Ich bin einfach zu dick geworden – nein, sagen wir es lieber so: Ich bin an wichtigem Umfang gewachsen. Meine Aktengurte halten nach wie vor zu mir, halten mich fest, halten mich zusammen   –   ein   schwacher   Trost. Es ist meist dunkel um mich herum, wenn nicht gerade ein Mensch nach einer meiner Kolleginnen oder Kollegen sucht.   Und es riecht etwas muffig.

Was waren das noch Zeiten, als ich noch „oben" voll in Aktion sein durfte. Ich kann mich noch recht gut an die verschiedenen Düfte erinnern, die von verschiedenen Büros und natürlich von den Damen und Herren ausgingen, die mich bearbeiteten. Dagegen ist es hier – wie gesagt: muffig! Und das erst recht, nachdem einmal ein Wassereinbruch in den Keller erfolgt war. Es dauerte sehr lange, bis ein erstes Ergebnis zeigte, dass die Trocknung nun langsam einsetzte. Und eine ganze Weile wird dieser Muff-Zustand wohl noch anhalten.

Zum Glück lagen wir als Akte auf einem Tisch und nicht auf der gefluteten Erde. Obwohl – als Blatt 1 hätte ich vielleicht gar keine nassen Füße bekommen. Aber nichts da – ich muss schließlich auch an meine Kollegen-Blätter unter mir denken.

Da bleibt mir also nur allein die Hoffnung, dass ich noch einmal für irgendetwas benötigt werde und noch einmal das Licht des Tages oder eines Büros erblicken werde – eine schmale Hoffnung. Allerdings die Hoffnung ganz aufgeben, das hieße Sterben, und das will ich nicht, das kann ich mir nicht antun. Schließlich haben – wie schon gesagt – auch andere Kellerakten das Glück, und der Grund „nach oben" wäre mir dafür ganz egal.

Also, mit dieser Hoffnung lebend, schließe ich meinen Bericht hiermit ab.

Liebe Leserin, lieber Leser, bitte vergessen sie mich und meine traurigen Keller-Freunde nicht.

Ich hoffe sehr, dass sie durch meinen Bericht einen kleinen Einblick in unsere „Aktenwelt" und unser Aktenleben bekommen haben.   Wir sind nicht tot, nur weil wir „weggelegt" wurden.

Ich bedanke mich aufrichtig für ihr Interesse!

… mit freundlicher Empfehlung

ihre 752 Js 890/11

Epilog

Und dann ging doch noch alles gut aus
– für die Akte.

Ein ganzes Jahr, nachdem sich unsere Akte schon mit ihrem „Kellerdasein" beinahe abgefunden hatte - zumindest war die Hoffnung auf ein ziemliches Tief gesunken - ereignete sich folgendes:

Das Licht im Kellergewölbe brandete auf und tauchte den Lagerraum mit der Kellerakte 752 Js 890/11 in gleißendes Licht.

Etwas Verwirrung war angesagt.   Hände griffen nach ihr, geübte Hände, die wussten, wonach sie suchten.   Im nächsten Augenblick beherrschte ein Nebel diese Szene.   Nun, Nebel war es nicht, aber als der für den Keller zuständige Wachtmeister seine Lunge für ein kräftiges Pusten gebrauchte, da war einen Augenblick lang nichts mehr weiter als Staub zu erkennen.

Die Akte wurde mit ihren 4 Bänden, von den Gurten zusammen gehalten, auf einen Aktenwagen verladen.   Sie erblickte wenig später das Licht eines Kellervorraumes, dann das eines Aufzugs und zuletzt das Licht eines Büros– sie war auferstanden.

Was war passiert?

Wie für jede Behörde gibt es natürlich auch in dieser Vorschriften und Verordnungen. Eine dem sachfremden normalen Leser oder Leserin wohl kaum bekannte Vorschrift besagt, dass vor dem Weglegen der Akten noch folgende Überlegungen anzustellen sind.

Der dafür bestimmte Sachbearbeiter oder die Sachbearbeiterin haben zu entscheiden, ob die Akte noch von besonderem Interesse ist.

HKV-Vermerk heißt das Zauberwort, was so viel bedeutet wie: Hausarbeit, Klausur, Vortrag. Ist eine Akte für solche Fälle geeignet, muss dies eben auf ihrem Aktendeckel vermerkt werden.

Das war bisher unterblieben. Aber einem aufmerksamen Bearbeiter – oder war es eine Bearbeiterin? – war aufgefallen, dass im Computer-System noch etwas gefordert wurde, was nicht ausgeführt worden ist. Und das war eben die Meldung, dass die Akte noch ohne HKV-Vermerk ist.

Das war also der Grund, sie noch einmal aus dem Keller zu holen. Vielleicht denken sie: Das ist ja nur ein normaler und nebensächlicher Punkt.

Nein – da muss heftig widersprochen werden.

Erstens ist so ein HKV-Vermerk natürlich immens wichtig. Zweitens war es der Jackpot für die Akte - ein Hauptgewinn!

Denn – bei dem angesprochenen Vermerk wurde ein „ja" angekreuzt. Damit war die Akte sehr wichtig geworden.

Der dunkle Keller war vergessen. Der Akte stand jetzt eine große Karriere bevor.

Sie wurde einem dafür zuständigen Amt in Düsseldorf übersandt. Von dort aus würde die Akte zahlreiche Menschen und neue Büros kennen lernen. Und das „Lernen" betrifft vor allen die Menschen, die noch in der Ausbildung stehen, Referendar-Zeit und so.

Die werden sich nämlich im wahrsten Sinne des Wortes damit herumschlagen müssen, welche Schlüsse aus den Vorgängen in der Akte gezogen werden müssen. Und diese Schlüsse tragen enorm dazu bei, die Ausbildung erfolgreich abzuschließen – wenn es denn eben die richtigen Schlüsse sind.

Das waren doch ziemlich ereignisreiche und spannende Jahre für 752 Js 890/11.

Wir schreiben jetzt das Jahr 2017.

Unsere Akte ist wieder glücklich.   Sie lebt immer noch.   Vor allen Dingen - sie hat eine wichtige Aufgabe.   Darauf   ist   sie   sehr   stolz. Und wenn sie könnte, würde sie den Personen, die für ihre Befreiung aus dem Keller verantwortlich sind, ihre pralle Dankbarkeit ausdrücken, womit auch immer.

Und vielleicht flüstert sie ja auch aus lauter Dankbarkeit für ihre Errettung und die Aufmerksamkeit, die ihr jetzt entgegengebracht wird, den „Lernenden" einige Tipps zu, die für Folgerungen und Lösungen immens wichtig sind.

E N D E

The adventures of two sheep friends

(in Englisch - ISBN   9783732233328)

Schaf-Geschichten mit Johanna

(ein **Kinder-Buch** ISBN 9783848251032)

Schafe mähen nicht nur Gras

(208 Seiten – Roman -   ISBN   9783738606584)

Schafe brauchen auch mal Urlaub

(208 Seiten – Roman - ISBN 9783739241074)

Schaf-Geschichten aus dem schönen Vinschgau

(Südtirol/Norditalien -   ISBN 9783837079241)

Sheep Fight For Freedom

(in Englisch – Roman -   ISBN 9783741279713)

vier letzte Tage im Februar

(Kriminal-Roman - ISBN 9783743195417)

**Eine falsche Badehose im Haifisch-Becken
kann tödlich sein**

(Kriminal-Roman 260 S. – ISBN 9783744835091)

**„bestellbar" in jedem Buchgeschäft in Europa   -
jeweils a u c h   als E-Book erhältlich**

Vielen Dank für ihr Interesse –

vielleicht sind sie ja neugierig geworden

und lesen mal ein weiteres Buch aus meiner
vorseitigen kleinen Auswahl.

Wolfgang Pein

Nachtrag:

Irland und ein etwas anderes Irisches Tagebuch
(eine bunte Irland-Reise – ISBN 9783744837996)